詩集

共に春風を

許暁雯
Xu Xiao wen

竹内　新［訳］

澪標

共に春風を＊目次

第一集

第二集

第三集

装幀　森本良成

前書き

親愛なる日本の読者の皆さん、こんにちは！　私のこのささやかな詩集が日本で出版できることになり、この上なく嬉しく、また翻訳者及び日本の出版方面の尽力と力添えにとても感謝します。日本という、古くからの文化的蓄積を有する土地で、詩歌という流儀を通して皆さんに「出会える」というのは、私の幸運であり、また二つの言語の有機的結合であると言ってよいと思います。この詩集には、私がこの何年かの間に中国の刊行物に発表したり公に出版したりした六十篇余りが収めており、それぞれの詩は、私自身の一人の声と気持ち、そして私個人の心と姿が展開されています。詩は個人の心の、それ自身のつぶやきです。心はそこで呟くことができます。言葉の舟で海に向かって連れてゆかれたその辺り――絵巻物のように美しい島国です。私にとってこの上なく大きな栄誉です。

私のこの詩集は、両国の文化・文学が往来する道路上の砂か草に過ぎません。それはほんのささやかなものですが、ずいぶん広く平坦な大道であれ、くねくね曲がりでこぼこ険しい細道であれ、みんな無数の砂粒の寄り集まりによって構成されています。私は、自分の詩の一篇一篇が、路傍に静かに成長して咲く草花、もしくは道路上の足跡や轍を載せられる砂粒であることを黙々と希望するばかりです。この詩集が日本で出版されて多大な関心を呼ぶなどという望みは持ちません。日本語になるというだけで充分な喜びです。中国には古より「万人の閲（けみ）するは求めず、只一人の記するを求む」という考えがありますが、日本でこの詩集が出版されたら、たとえ「只一人の記するを求む」だけという状態になったとしても、それは満足できるものです。詩歌は或いは永遠にごく少数の人の営みかも知れません。一篇の詩の背後に秘めた作者の言葉の暗号と思考及び想像力を感じ取れるのは、限られた読者だというなら、私はそれで充分に満足です。

　最後になりましたが、この詩集を開こうとする読者の皆さんのお一人お一人に、心より感謝します。詩を読むこと、詩を書くことは精神の旅です。読者の皆さんが詩を読み進むうちに、感動やおののきが見つかることを期待します。

許暁雯

2023年11月22日　中国東莞

第一集

蓮の隠喩

万事万物にはすべて原因と結果がある
植物はほとんどが先ず花が咲き　その後に実を結ぶ
けれども例外もあり　例えば蓮は
花を咲かせつつ実を結び
神秘と隠喩に満ちている

湖水の蓮の花はすでに数え切れない歳月のうちに開花し
時間の秩序のなかを巡ってきて
私は蓮の葉に魅了されている
水玉はその真ん中で輝きを吐露することができ
千万の綾があらゆるものに変化して現れ出てくる

池一面の緑したたる葉を眺めれば
「蓮花の浄きを看取せば　方めて不染の心を知らん」(注)
たとえ運命の導きがなくても
滅びることなく繁茂する蓮は
私が通り過ぎる途中にも　しばしば待ち受けている

注　唐・孟浩然の五言律詩「義公の禅房に題す」の第七句と第八句。「庭先に咲く蓮の花の清浄な美しさを見れば、そのとき、けがれに染まぬ花の心が――そして庵のあるじの心が、わかるであろう。」(前野直彬氏の注解)。

天命を越える

（一）
明け方の四時　青年はバックパッカーとなって村を離れた
鶏の鳴き声　犬の吠え声　植物　明けの明星
動物たちは道を挟んで歓送した
それが彼のその土地との最初の別れだった
（二）
彼は村の出入り口にしゃがみ　砂を掴んで掌にのせた
村を心底愛していたし　心底憎んでいたからだ
スッカラカンの土地は彼をあがかせ　もがかせてきた
今まで村の門を叩き開ける方法のなかったのを恨みに思った
（三）
数え切れない星が　優しく慈悲深くじっと村を見ていた

彼はロマンチックな初恋を思い起こした
青々とした草の斜面　彼らは白い雲のように無心に遊んだ
心のままに静かに愛が流れたが
それまで　運命が意志を感じ取ることはなかった

（四）

暗い藍色の空が天のビロードが敷かれ
すき間からうす黄色の光がさっと流れ出て
草の葉先の露のしずくが魔法の球のように
彼と村を広野に詰め込むのだった

「藍色」について

（一）

もしかしたら　単に色に過ぎず　或いは単に虚無に過ぎないのかも知れない
でも清らかな眩しさの妨げにはならない
それはどんなものでもよく　宇宙であってもよく
一切であり　また有るか無きかの掴みどころのないものでもあり
クライン（注）のブルーであり　愛　自由　そして生命に
贈る奥深い永遠性を有している
「空無には力がみなぎっている」

注　イヴ・クライン。仏の画家（1928～1962）。自らの名を冠した深いブルーを開発。実験的な試みを多数行う。

（二）

もしかしたら　誰か藍色世界を創造した者がいるのかも知れず
またその世界で　神の恩恵と満ちあふれる慈愛とを得たのかも知れない
二元論　意識の謎　孤独の山……
遠くを望み　ひっそり寂しい「藍色」
人と人が愛し合うのは余計なこと
心の内の自我と外在する自我は　すでに契約を達成している
藍色世界が消え去るまでずっと

（三）

もしかしたら　光を憩わせる空間に過ぎないのかも知れない
光は四方八方からやって来て　その自由な限りない空間のなかで
私たちはどのように向き合うのだろう
空気　水　自由は瞬時に凝固する
海のように宇宙のように　天体はすっかり動きが止まる
天井板の藍色は限りなく延びる
藍色は全て　藍色は唯一でもある

思想者のようにじっと考え込む
真実と幻　人と宇宙
霧のなかを通り抜ける　雪のなかをゆっくり歩く
飛鳥の姿勢で
蛾が灯に跳び込むように祭祀を執り行う

（四）

もしかしたら　それは尽きることのない白い氷河なのかも知れない
藍色を拭い取るのは氷河上のピアノ　鳥が弾き鳴らすだけだ
音楽は無限なのであり　それは神の鍵盤だ
そうして一人一人は誰もが孤独で神秘的な星なのだ
内心にはすべて孤独な海が住んでいて
何処から来たのか何処へ帰るのか分からない
数え切れない可能性と尽きない興趣
想像が満ちあふれ越えようのない極限を有している
それは何人にも属せず　それは色に過ぎない

（五）

もしかしたら　それは藍色の調べの狂詩曲なのかも知れない
音符のなかに理想の王国を数珠のようにつなぎ
ブルースの憂鬱とジャズの狂気によって
世界の意識回復を急かしている
通り抜ける　延々と続く　到着する　みんな静かだ
宇宙に暗く深く隠された藍色から来ている
粋　ユーモラス　軽快　冗談
太陽が雲の層を機織りの杼のように往来する
雲は空でコミカルに踊り
活力と自由が満ち満ちている
どの音符も人類の探索発見の勇壮な心を搭乗させていて
人の世の喜び悲しみ出会い別れの往来が徐々に浸み込んでいる

（六）

もしかしたら　バージニアの風鈴草かも知れず　藍色花の福禄考　葡萄ヒヤシンス　鵝河菊　ヨハンソンの三つ葉フウロ　青バラ　鼠尾草　藍扇花　六倍利……
なのかも知れない

それらはコバルトブルー　インディゴブルー　湖水ブルー　薄荷ブルー　月のよ
うに白っぽいブルー　深海のブルーという各種コートを身にまとっている……
大胆鮮やか　平静に誘惑
ヴァン・ゴッホとモネの絵筆によるイチハツの花　深海藍色の奥深さ
フェルメールの「真珠の耳飾りを付けた少女」の読み解きがたい眼差し

（七）

もしかしたら　磁器であるのかも知れない
古い中国の白磁がチグリス・ユーフラティス流域のペルシャンブルーと出会い
ぶつかり合って世界に名高い染付けを出現させた
このときの「藍色」は橋だった
世界の文明間の橋渡しをする言葉だった

（八）

もしかしたら　単なる川なのかも知れない
もしかしたら　カール・ベックが勝手に想像した詩句（注）なのかも知れない
もしかしたら　ヨハン・シュトラウス二世の優美なワルツなのかも知れない
それらの運命は全て青いドナウ川の輝かしい叙事詩のなかに凝縮されている

但し青いドナウ川は三百六十五日のうちに青色の日は一日もない

注　ハンガリーの詩人カール・イシドール・ベックがシエナ城に奉げた詩の一節に「ドナウ川の岸辺、美しく青きドナウ川の岸辺にて」とある。ヨハン・シュトラウス二世には、ワルツ「美しく青きドナウ」がある。

謎

述べる言葉　定める言葉　占う言葉　霊験あらたかな言葉
天地間の奥義は形のないものに導かれるが
骨には天意がはっきり現れ
それらの言葉は亀や獣の骨からやって来るだけでなく
仏陀の骨からもやって来る
万物はみな虚と実の間に転変していて
一が二を生み　二が三を生み　三が万物を生んでいる
多くの事物はただ巧妙に隠されているだけなのだ
風も砂も星たちも　まだ歴史と未来の法則を外に漏らしていないが
原始の甲骨に刻まれた言葉のように　見出されるのを待っている

孤独の花園

孤独　それは不透明なイメージ
その花園はぼんやり見える花でいっぱいだ
いつまでも静かで　空気も水も要らない
二次元空間内
彼は精神という糧によって　花と草を養い育て
時には　悪の華を植えたりもするが
野獣が襲ってくることはない
唯一の野獣は　彼自身なのだ
花びらは不朽の芸術作品となるけれども
それはブルーの世界からやって来て　限りなく寂しいものだ

もの思う者の夜明け

ネオンが次第に暗くなり
ぼんやりしていると　木霊の弁明しているのが聞こえる
「あっ　あれは夜明けの星なの？」

夜明け前　蝉と私だけがうたた寝
余計な丁寧さは脇に置いて
間もなく消え去る暗闇で　半世紀を我慢する

部屋は端っこにある島のよう
私はベッドを漂っている

マーラーの交響曲第二番が夢と現実を分け隔てる
私の頭は本を枕にして　絶えず猟銃を握りしめている
何かの声が言う――
「もの思うことはこの世で最も偉大な能力だ」

新しい一日に　とびきり新しい半島が波に打たれて目を覚ます
私は遠方を　堅い守りに対する最も適切な眺望だと見なしている

逃げ去る

微風は　葉と葉の間から貧しい生活へと吹き
風は封書を連れてきて　読書する生活を教え
夜は間もなくやって来て　星がキラキラ　人を驚かすだろう
まつ毛は軽すぎて　私の不器用を覆い隠すことができず
慌ててうろたえる栗鼠のように　樹間を逃げ去る

緑の音色の響き合い

竹の葉は融けて音符となり
しっとり明るい緑の音色が心に沁みとおる
花卉ではなく蔓ではなく　草ではなく木ではなく
強靭で頼りがいのある無言の生活の姿勢は
人が己を省みるうちにうかがい見るもの
ちょうど「道」が内なる美しい山水に屹立しているように
人の心と霧雨はその繁茂によってそわそわする
幾つかの言葉は竹の葉の間に見え隠れして　いよいよ不明
私がこの詩を書くとき
折しも風の音と竹の葉はぶつかり合って激しい交響楽を奏でている

牧歌

私はこれまで　世界が田野に逆立ちしているのを見たことがない
ちょうど　鳥が一度も雲の頂にとまったことがないのと同じだ
空はそれぞれ違う濃い藍色から成っている
風が起こり雲が湧くのは　言葉では言い表せない詩なのだ

田野には牧歌が響き　それらの全ては
やっぱり詩歌のなかに　対応する言葉が見つかる
人の孤独は　夕暮れとともにゆっくり広がってゆく

花の咲く音は　言葉が繁茂するのに似ている
生活の小さな歌声は　どれも終わりのない独り言
大地は煙や雲のよう　茫漠として　しかも心を奪い骨を蝕む

花は答えを知っている

ふと野の花に出会った
様々な不思議な実が鈴生りだった
緑色　黄色　藍色　蜜柑色　黒色……
実の形からは　それが何処から来たのか全然説明できなかった
天地は茫洋として押し黙り　運命も煙霧のように混沌模糊としていた

振り向いた瞬間
その花が心を込めて編んだお下げの先を見つけて驚喜した
清純な紫色を塗って濁世に光り
青春の喜びと人生の清らかさを揺り動かして　運命に挨拶している

草木は無言でも　それが叙事詩であるかのように興味を引き
木の葉は天と地の間に揺れ動いて叙事の詩句になる
人類がその精緻な奥深さを充分に悟るのは難しく
植物を前にしては　いかにもバツが悪く愚鈍に見える

偉啓美に奉げる

偉先生の作品の前に立ち　静かに見つめながら
心のなかで彼の絵画論を考えていた
彼は驚天動地の画家ではないが
どの線にも落ち着きと聡明さが表れ出ていた
展覧会全体に無言の思いやりが凝縮していた
水に泳ぐ魚も隠された欲望を抑え込んでいた
あらためて世界の静けさと果てしなさの定義をしていた

向日葵のバラード

黄金の住まい　一面の麦畑
黄金分割数列の向日葵がびっしり並び
数字と法則によって生命を維持している

私が喜べば　ゴッホの花の大皿は微笑み
私がふさぎ込めば　星空は気落ちしてうつむく
光がなくなれば　私たちは互いの太陽となる

身をかがめて耳を傾けて　暖かく見つめるたびに
再び輝いて私の内心の明かりを目覚めさせる
それはひっそり沈黙　すべてこれまで通り

生命のなかの季節

遠くへ行くのが　波の歩みであるらしい
白い流離いだからこそ　遠方の方角が理解できるのだ
花は陽の光の下で寄り添い
種は春のこだまを期待し
季節の全てを待つ
私が海辺に寄れば
夕陽がひとすじ陽の光を私に手渡す
生命の季節は葉書きのようだ
私に指紋の謡いの部分を書き込ませる

境地

黒雲の覆いかぶさる空は　燃え残りが一面に散布されたかのようだ
孤独と寂寞が　湿った息吹のなかに根付いている
葉と花がチラホラ　薄紅と深緑の対を成し
痩せた砂粒を温めている
林間の硬い松の葉は
陽のまぶしいキラメキに沈着に対抗し
露を一粒落として　イライラ動き回る欲望を消し去り
低く垂れ曲がりくねる魂に覆いかぶさる
山の頂へ滑り落ちてゆく落日には　天の助けが宿るようだが
瞬く間にホコリの間へ流れ込んでしまう

遠くの海

牧童は天上で羊を放牧している
おのれのあらゆる夢に　雲の向こうの海が溶け込んでくる
以前は山の背が吐き出した月が
自分の夢想する帆船だった
雲の向こうの海はどうなっているのだろう
川に手紙を託してやろう
転がる水玉が　しばらく天を衝くのだ
オレにはそいつの名前が聞こえるのだ
オレのものになる帆掛け船が見えるのだ

空中のピアノ

ジャスミンの花があなたの口に滑り落ちる
あなたの指先は　月の光が空中に漂泊するのを撫でている
まるで空中のピアノをそっと弾いているみたいだ
私はまだその後姿を見たことがない
最もきれいでさっぱりした物体だ
風は吹いて私の思いを浮かべ
あなたのまつ毛は　月の向こう岸へ曲がってゆく

影は歳月の尾根を越えられない

村の入り口の槐の老木たちは　空を見張っていた
脚は土のしっとりした香りを帯びていた
夕陽による弱々しい影は　土塀に恋々としていた
農民は土と季節は越えたけれども
歳月の尾根は越えられなかった

心を尋ねる道

（一）
雲南の樹林は　光がなくても光あるように
鳥が明るく光あふれる場所を目指して飛んでいる
このことをどう話そうか　どのように感じ取ろうか
こういう奥深い澄み切ったところは
明るさと暗さの交錯が哲学のようで
その光はあたかもマネの『笛を吹く少年』から来るようだ

（二）
木の葉　小さな草　花が揺れ動いている
何一つそれらをつなげず　遮るものもない
ものみな自由に声を上げている

妙なること音楽のよう　天の音のよう
風の中にいるのか　それとも空気の中にいるのか

（三）

夢の中では　全ての像がはっきりせず
機織りの杼のように往来し　くっきり目立つ真実がない
昼になれば延長のしようがなく　夜になれば消せない
年代に制限なく　時間に際限なく
人生は不思議な転変　生命は密やかな夢に似ている

（四）

空虚な空間は
何か隠していて　時間が解体されている
あらゆる知覚と想像が一所に織り交ざり
影はもう一面の真っ黒というだけではない
人の考えのように　入り混じる意識は
それぞれに天地の果てにある

（五）

雲や霧　ちらちらする光と失われた影
水のなかの月　夢のなかの花　鏡のなかの像
一切の像は空中の花
「時人一朶の花を看るに、夢中の如きのみ」(注)

注　唐代禅宗の南泉大師の言葉。「当代の世人が一輪の花を看るとき、それはただ夢のなかで看ているようなものだ」ということ。これは元代以降の少なからぬ文人画家の心をとらえた。

(六)
雲は裂け崩れ　風は荒れ狂い
火と氷が脈絡もなく入り混じる人の心の辺りを巡って
暗い欲望を燃やしている
時に深い川が隠忍自重するように
時に大海の憤怒のように

(七)
善と悪がどのように平衡に達しょうが

世界は秩序を保ち　沈黙している
人は――
これまで口にしたことはなく　要求したことはないが
畏敬しているのかどうか？敬虔であるかどうか？

（八）

原野　森林　人類　湖沼が
一緒に歓呼している　氷雪のように激しい炎のように

静寂

干乾びた薔薇のように
英語の詩集の見返しに載っている
もう往時の艶やかさはなく
淡い香気が詩歌の魂に寄り添っている

余分な言葉は一つもない
詩人の思いは一宇宙に住むのだ

シーンとした静寂がその一切を感じ取る
古めかしい深淵にいるかのように

虫二（注①）

陶磁器　玉器　陶俑　古書　青銅
自筆の手紙　絵画　撮影　彫塑　小道具

意識して花や鳥や虫や魚　星や湖水を表現している
これらの符号は透き通っていて　妨げにもなり
答案でもあり　もっと言えばガイドにもなっている

道具は手の揉み捻りを通じて　広々とした視野をプレゼンする
張大千（注②）が山田喜美子に宛てた自筆の手紙は　虫二
ピカソがドラ・マール（注③）を撮影したのは　虫二
元代の白玉鴛鴦劇の蓮紋帽のつまみは　愛の礼賛

男女の交情にはもともと際限がない
水墨色彩芸術もまた果てしなく
捉えどころがなく　留めようがない

注①　虫二＝「風月」のこと。景色が素晴らしく、風流であること。男女間の情事の意もある。「虫」は「風」のなかに、「二」は「月」のなかにある。
注②　張大千＝１８９９～１９８３。中国の国画大家。山田喜美子と結婚。
注③　ドラ・マール＝１９０７～１９９７。仏の写真家、詩人、画家。ピカソの愛人で、「泣く女」のモデルとして知られる。

木材のなかの知恵

木の窓枠　木のドア　木の棟　木の梁
木のテーブル　木の椅子　木の小卓　木の床
原初的でシンプルな木材は　人々によって生活の隅々にまで用いられ
天然の香りを撒き　その静謐と温もりは
鉄筋コンクリートでは　与えることも代わることもできない

二つの木材が　釘を打たれて一緒になる
それらは二つの木材に過ぎないが
余計な部分を鑿で掘り取れば
凸凹に陰陽が発生し
考えを持ち　心情を持ち　魂を持つ

身は瓦をまとい　中へ一つ突き出し　四隅は頭をもたげる
一つのホゾと一つのホゾ穴とがあり　一つの渡しと一つの曲がりとがあり
建物の部材というだけでなく　更に言えば家庭の部材となっている
鉄筋コンクリートが一般の今日
熟知の遠い郷愁へとつながっている

窓の内　窓の外

世の中の万象には　内と外の違いがある
内側はそれぞれだからといって　なかなか思う通りではない
室内に静かに坐って　窓から通りを眺める
窓ガラスが繁華街の騒がしさ喧しさを濾過している
通りの往来の全ては　ちょうどパントマイムの妖しい影のようだ
行き交う車は　川の流れとなって止まず
左へ行ったり右へ行ったり　時に東へ時に西へ　まるで無数の幾何模様
窓の内　窓の外　雑然と捉えどころがなく
ひとしきり　時代から隔たっている気分だ

花はおのずから咲く

野の草に　野の花に
春が来て
緑もまた緑になり　赤もまた赤くなり
秋が来れば　それも萎んでしまう
緑は何故緑なのか分からない
赤も何故赤なのか分からない
黄は何故黄なのか分からない
どのみち春は行っても　きっとまたやって来るのだ
秋はやって来ても　きっとまた行ってしまうのだ
咲こうと思えば咲き　萎むつもりなら萎むのだ
訳もなくやってきて　訳もなく去ってゆく

何故と言う理由はない
何故と言う必要もない

目を覚ました妖怪

寒い谷川　白帆は点々として　もうキラキラしない
故郷はすでに沈殿し　川底に沈み夢想の魚になっている

沈殿した事物は歳月のキラメキを隠している
枝を広げ　葉を散らし　天地の知恵を吸収している

その葉脈には四季の光線が通っていると　確信するけれども
どうやらまた暗闇に包囲討伐されているようだ

でもそれは　過去と未来の間で
目を覚ました妖怪

冬青

師走の花屋で北米冬青に出会った
枝には明るくきれいな赤い実が鈴生りだった
私はそれらが思いのほか誇らしげなのに驚いた
透き通ってきらきら輝く赤い宝石のように
頑固に寒さを凌ぐ紅梅が咲いて光を放つように
枝先に炎が群れを成して跳びはねるように
寒い冬に育って賑やかなのだった

でもそれよりも私は単なる素朴な実であってほしかった
お洒落で可愛い唐小豆　貴重な何かである必要はない
浮世のなかの実は　初恋のように清らかだ

はっと気付く原因になったのかも知れない
私が目にしたその赤は　傷の深みにある苦しみの色なのだった
心はうれしさで一杯なのに　俗塵からは出られず
一途に想い合う男女の　心と言葉の辰砂となっていたのだった
私は枝の赤い実を一つ一つ数えながら
一粒摘んで掌に置き
遥かなあなたに問いかける——
「玲瓏(れいろう)たる骰子(とうし)、紅豆を安(は)む。骨に入る相思を知るや知らざるや？」(注)

注「この素晴らしく精巧な透かし彫りのサイコロのなかには赤い唐小豆(トウアズキ)が嵌め込まれています。そのように骨にまで入り込んだ私のあなたに対する思いをあなたは御存知ですか？」晩唐の詩人温庭筠の詞より。「紅豆」は「相思子」とも「唐小豆」とも言い、今の小豆(アズキ)のこと。「相思」は「相思相愛」の「相思」。

第二集

真珠の覚醒

キラキラ目映かったこともなく　珍奇と美を競ったこともない
でも　放つ光は月の光のように人の心を怖がらせた
貝殻のなかに誕生したヴィーナスの残した永遠のように
或いは　暗夜の波間に揺れ動く美しい人魚の姿のように

持ち主の誰がその華やかさ美しさに気を留めただろう？
生はすなわち生　死はすなわち死
ちっぽけな珠の背後では
数え切れない愛と権力が繰り広げられた

千年の人魚が悲しみ泣いて落とした涙が
いよいよ女性自身のように

痛みに生き　でも決して痛みに甘んじなかった
たとえ軟弱な骨なしでも　弱々しい光を用いて
世界を明るく照らしたのだった

人生の輝きは稲妻の一瞬

陽の光が樹下に積み重ねた熱い思いのなかから
少女のふくよかな胸が育んだ甘い蜜のように
若葉が空に向かって呼びかける
私はそこに木の高さは見つけ出せないけれども
露のしずくはゆりかごでぐっすり眠っているから
目覚めるのを待ち　光を採集して大地に返してやろう
時間を四季のなかに閉じ込めてはならない
人生の輝きは稲妻の一瞬

変幻自在の火山が溶岩の詩を流し出す

私は声によって生活の明るい輝きに触れようと試みるけれども
何かを目指す気持ちは　みんな沈黙のうちに夜の闇へ隠れてゆく
「人生は一行のボードレールにも若かない」（注）
蝶は筆先を引っぱり　欲望の戦慄と心を通わせている
芭蕉の葉は大雨がやむ前に頭を上げ
一面の新緑は太陽に呼びかけ　風は光と勇気とを見分ける
噴火口は溶岩の詩を流し出し
愛すべき生活は明るい輝きのなかに生きている

注　芥川龍之介『或阿呆の一生』からの引用。

ペガサス座

地平線が消え　黒いカーテンが空を覆い隠す
草叢は尽きず　目指す方向はなく
タンポポはまだ夕暮れの風のなかに踊っている
牛を追う少女はその群れに顔をぴったり付け
星座は低い空にきらめき
月の光は雲の包囲から脱け出し
牛の群れはペガサス座に変わって　南の果てへ飛んでゆく

月は飽き飽きした

月はもう丸から欠けてゆくパターンに飽き飽きし
今宵は李商隠の雲母片を撒いた（注①）

妖怪に生まれ変わり　ダンカン（注②）のように愛となって踊り始めた
蓮池もベートーベンのムーンライト－ソナタを演奏し始めた

月の光は田毎の蓮の葉　たたずむ蓮の傘を通り抜け
爪先立って　くるくる回って掌上の舞をした

天地は広々として捉えどころがなく　いつも息吹を取り換えている
世の激しい移り変わりもこれによって　荘子の蝶のようにしなやかだ

注①　晩唐の詩人李商隠の「常娥」という七言絶句を踏まえている。その起句に「雲母の屏風　燭影深し」（雲母を一面に貼った屏風に、ろうそくの火影が深々と映っている）とある。常娥は神話中の女性で、夫である英雄羿（げい）が仙女西王母に請うてもらった不死の霊薬を盗み飲み、急に身が軽くなって月の世界まで飛び上がり月姫となったと言う。

注②　ダンカン＝イサドラ・ダンカン。アメリカの舞踊家。モダンダンスの先駆者。

立秋前夜の祝辞

酷暑は依然として終わる気配もなく
生気をなくしてカチカチに固まってしまった花は
必死に持ち堪えて美しい色を見せているかのようだ
夏はまるで魔法をかけられて最後の審判をしているようだ
私だけが秋を知る
恋を失った者の　沈黙と苦しい心を

もう流離わない

移動をする渡り鳥　目では季節の移り変わりを見ていても
まだ故郷に帰るルートを主導することを知らない
冬　緑の葉は雪の花の白を映えさせるけれども
私には　陽の光が疲れ果てて傾きを変えてゆくのが見える
空はもう暗く　おまえの翼はもう流離うことなく
十二月の青い星に留まっている

祈り

白い鳩はのんびり遅れてやって来て
粗末な暗い部屋に停まったけれども
便箋は届けず
蝋人形のように黙っている

紫微星（注）は星の不安を掻き破り
懐かしい思いは　解きほぐせない呪文に思い患う
おまえは　おんぼろ船のように彼岸に憩い
もう慰めを点すことはできない

思いもよらない瞬間に

露の玉がくるくる回って花びらからこぼれ落ち
風の翼を濡らした
祈りはゆっくり初心に帰る

注　紫微星＝北斗七星の北東にある十五の星の名前。中国の伝説では、その一つが天の軸にあたり、天帝のいる所とされた。転じて、王宮のこと。

重苦しい渇望

ナイチンゲールは憂鬱そうに歌い
夕陽は粉々の銀の光を海へまき散らし
あらゆるものが
私の卑小な生活を包み込んで
港から暗い夜へと流れ込んでゆく

若い星は
その薄明かりを拾い上げさせてくれ
傷ついた魂を縫い繕わせてくれる
何という重苦しい渇望
私はその咆哮の湧き返りを　どう引き受けたらいいか

シーンとする眼差しが
夏の夜の深淵に跳び込むまでの　その間

ホコリと愛

ある日の朝　私は裏通りを通った
空中には藤の花の香りが漂っていた
六月の女たちは　秋の収穫のための種まきに忙しく
子供たちが追いかけっこをする笑い声は　呼子のように空を引っ掻き破った
あなたは私と同じように歩き　生活を模倣していたのだろうか
夕方またそこを通ったけれども
日々の暮らしは　結局かくも似通っていたのだった
去年のある黄昏に私たちはいっしょに
古い市場や夏の日の槐の林を通ったことがある
ぼんやりする空気のなかに　同じように舞い上がっているのだった
卑小なホコリと私たちの愛

夢の中の陽のあたる花

海上を吹いてくる風は
前髪を切りそろえて垂らした劉海（注）を揺らし
柔らかな夜明けが賛美を送ってくる
雨水は沈黙する薔薇を潤し
カッコウが暗闇に鳴き
流れ出た幻の光が
夢の中の陽のあたる花を巡って　朝と夜の間を満たしている

注　劉海＝伝説中の仙童。短い前髪を垂らして、ヒキガエルに乗り、一刺しの銭を手にしている。

ある日の美味し時

陽の光は目を細めて
潮水の浮ベッドに横たわり
都市は今まで通りに何もかもがやかましく
草むらに立てば
小草の伸びる音が聞こえてくる気がする
言い募る声は少しもないという軽やかさ
蜜蜂が緑の大地を通り過ぎ
愛の気持ちが草むらでひっそり成長する
うるわしい愛は隠さなくてもいい
一日の美味し時がやって来ようとしている

春の谷間

平凡な身体が目を覚ましたら
谷間へ行って　ひと時の詩歌を追い求める祝祭日となった
アロエの花が揺れなびき
こんなに大きな山々がゆったりしていたのだ
周りの喧騒を気にする人はいない

光だったり　酒だったり　鳥も飛んで来たり
キスしてきたり　撫でてきたり
どれも私の好きな儀式だ
春の日に
私は一人　つかの間の幸福のおかげで
美を愛でる感傷を心に抱いている

主題と変奏

私は——
人の心を恐れない
人間らしさを恐れない
社会の現状を恐れない
世論の動向を恐れない
無情を恐れない
無意味を恐れない
無常を恐れない

でも私は——
人生の果てしなさが怖い

骨髄に徹するというのが怖い
深い友情　堅い義理が怖い
天地の悠久が怖い
選択の余地のないのが怖い
人の互いの往来が怖い

もっと怖いのは——
これから先が長いこと

蒲公英

草花　レンゲ草　月光　渓流　雀　それらは
私の好み　誠実で慈悲深い感じのものも好きだ
でも私は蒲公英を一番愛し　その軽やかさを愛している
それが世に一番軽やかな植物であるのを愛している
まるであらゆる重々しさと　もの悲しさとが
すべて風と共に軽やかにやって来て　軽やかに去ってゆけそうなのだ
ちょうど生命の内へ尽きてゆくようだ——
プロセスだけがあって痕跡のない人が
蒲公英が空を飛ぶように
痕跡を残さずに飛び舞うためにだけ　痕跡を残さずに飛び舞うのだ

自然を思い浮かべる

珍しい鳥や変わった獣　奇妙な花や変わった草
自然と宇宙は万物によって活気に満ち　生き生きしている
（一）
刈り入れて割いた麻の皮に　朝露を与え　谷川のやわらかな窪みに浸し
木質層と外側の靭皮との間から　繊維を分離する
その中で最も柔軟さ強靭さを大切にする亜麻ゴールドは
冬の日の朝日のように温もりがあり
ものぐさで気まま　のんびりゆったりしている娘のように
夏の涼しい風を通し　クチナシの花の香りを帯びている
（二）
鯨の骨と藤の蔓

一つは海から　一つは陸からやって来て
どちらも同じ本性を有している
堅く　軽くて精巧で　しなやかで丈夫
欧米の昔の服装の美女は　みんな一頭の鯨を包み込み
大きなつばの帽子をかぶり　花の咲く夢を見て
激情と沈黙の年代を泳いでいった

（三）

春が来たら　身に花をいっぱいまとわなければならない
梅　桃　水仙　牡丹　杏子
身に順序よく整然と花を咲かせるのだ

（四）

ダチョウの羽毛は　反復する樹木の図案が際立っている
思い及ぶあらゆる選択は　どれも自然を模倣している
大自然はパレット
芸術家の色とりどりの美しい家

（五）

貝殻粉　孔雀の羽　黄金虫は
陽の光の下で金属光沢の鞘羽がきらめく
縦横異なる色のキラメキのシルクと　雲紋のシルクの
絶えず変幻する不思議な色の虹　彩りの明るい輝き

（六）
中南米の植物　象牙　椰子
象牙彫刻　パイナップル繊維　レースツリーと貽貝の足糸（注）は
故郷を離れ　海を渡って来た
それらはワンピース上で出会うのだった

注　貽貝（いがい）は、足から多くの糸を出し、身体を岩などへ固定する。

（七）
ビロードのマント　甲虫の鞘羽製のロングスカート
うすい青から濃い青に至る虹の姿が現れ
異国情緒のプリント図案が　誇張され溢れかえる

大自然の飾り紋様帖
翼のように大きく広い水袖（注）の上に翻る

注　衣装の袖の端に付けられた白く長い薄地の絹。旧劇スタイルの舞台で使われる。

縷紅草（ルコウソウ）（注①）の告白

私の元々の籍はメキシコにあります
中国大陸に根を下ろし
兄弟姉妹は広く湖南　広西　安徽　湖北に分布しています
密夢松　五角星　獅子草　縷紅草　みんな私の名前ですが
人々が最も好む呼び名――それは縷紅草です
紅色　紫色　黄色　ピンク
みんな私が身に付けるコートです
ところが人々が最も好む色は――少女の頬のような深紅です
「ヤブサンザシやサルオガセは、松柏に絡まって生長する」（注②）ですが

私たちは「食客」ではありません
団結と友愛　手蔓を頼りに上へ向かいます
すべて世界に対する愛　生命に対する愛から発しています
ひけらかす為でも　他者を当てにする為でもありません

この種族の開拓者として探究者として
私たちは嘲笑されるのを恐れません
誤解されるのを恐れません
私たちは強靭です
私たちはきらきら輝いています

注①　縷紅草＝ヒルガオ科の蔓性一年草。メキシコ原産の観賞用植物。茎は細く、他物に絡む。夏に深紅色の美しい小花を咲かせる。

注②　「詩経・小雅」に同じような箇所がある。

第三集

小刻みな声

私は余計な言葉を土のなかに埋めて
それらが　悲しみの枝分かれを起こさないようにしたのだった
私はきっと　もう一度広野が好きになれるだろう
ちょうど雲がもう一つの雲を追いかけ
風の吹き終えたところで　小刻みな声で対話するように
陽の光は葉の緑を映えさせ
穏やかな声は低きに留まって　波頭と共に生まれ変わるのを待つのだ

初心忘るべからず

私は海辺の都市に生まれ
潮の満ち引きの歌う声が　夢のなかの渦になっている
夢を抱いた木霊が　日ごとに屋根を引っ掻いている

残光を回収するうちに
船はしぶきを散らして　また別の島へ疾走して行くけれども
月の光が　まだ乾いていない髪に映って引き立つように
憂い悲しむ心を溢れるほどに載せている

闇夜がやって来ようとして　星々は踊り
灌木下の灯心草は　羊の歯や葉の間に身を寄せる

もう一つの次元から窓を開けて
私の手をしっかり握ったらしい

田野から都市へ　その騒々しくてのんきな所で
記憶は呼吸といっしょにリズムを失い始める
時間は花の色鮮やかさを支え
心は希望の緑葉をまとい　私は余計な人ではない

十月の小道

十月　私はその小道を通った
南方では　それは手直しの間に合わない季節
朝の光は神の姿のようだ
予定より早く静けさをもたらす森
さっと明るく黄金色になる夜明け
浅瀬に乗り上げた愛を残し
十月を黄色く染めた

エドワード・ムンクが叫ぶ

火のように赤い空の下
濃い藍色のフィヨルドは　茶色の通りへと通じ
遠い山は　線のように恐怖と苦痛を通り抜け
黄昏時の気分は　まるで追い詰められた獣の命がけの戦いだ
そこで　神はすでに遠い
神の宿らない眼が　その血のように赤い黄昏を見ることができるのだ
全ての樹木が　偽君子の騒ぎから遠ざかろうと忙しく駆け回り
恐れ惑う花が　花びらを歪ませ
悪魔が吼え
エドワード・ムンクが叫ぶ

鴉

黒い色
葬儀の席の未亡人
彼女は黒い傘をさしている
雨が泣いている
暗い過去が鴉によって空へ撒かれ
また別の嵐が今しも彼女を待ち構えている

音声の琥珀

説明できない事物の前で　言葉は相変わらず苦渋を含んで……
だが音楽は永遠に清新で　震えの止まない石を用いて
使用できない空間に神意の住居を建てるのだ

——リルケ

音楽は音声を出す天体
星の一つ一つは　浮いて揺れる妙なる音符
ピアノの音は　もう演奏者からはやって来ない
星宿（注）間の光の伝達のようなものだ
「音楽は神の恩寵の証明だ」
天籟の音を奏でて生命魂と一つに溶け合う

宇宙の暗く深い所からやって来た灯り
線　光線　色彩　音声が呼び交わしている

音楽は耳のなかの色彩の王国
光と闇の間の二重の仮面
「私たちの心の奥で私たちを超える」——
私たちを手引きして四方八方へ行く

音楽は通り抜ける　延々と続いて絶えない　到着する
ちょうどモーツァルトの神の灯り　ノヴァーリスの青い花
ロマノフの不思議な王国と　ムソルグスキーそしてロシアの歴史
それらは万物の深い所で　私たちと出会い
世の中の悲しみと喜びを感じ取っている

注　星宿＝全天を二十八に分け、固有の名前をつけたもの。

一生

人の一生は
こんなふうに過ごすべきだ――
始まりは美術館　終わりは博物館
その間の人生は――詩　書　画　篆刻
陶磁器　油絵　水彩画　それらを据えてその間を通り抜ければ
彩り華やかに美しく　古風で典雅
でもその器量と見識は――
さっぱりして明るく　実直で人情に厚く　自重自戒する人であるべし

海の歌

海に関しては　論争を止める必要はない
あなたは降参させるか　させられないか　どちらかだ

砂浜に見えるのは単調な広がり
最も美しい風景は海の真ん中にあり　海底にある

暗礁には　光と風から滋養を得て
プレゼンテーションした知恵と魅力が共存している

それは或いは最重要ではないのかも知れない　海を跨げば
一滴の水に宇宙の広大さを見抜くことができるからだ

凡庸の者たちは　身の程知らずの火のような激情を持つしかない
万物には自分では越えられない限界があるのだ

秩序と視野

誰かが黒の油絵の具を使って
白い壁に様々な図案を描いた
色面　線が壁の生地にどんどん広がり
思想　精神がしみ込み　縫い合わされるまでになった

見物人として私は
その空間の尺度を　注意深く慎重に考慮して
秩序を感得し　視野に触れたけれども
意外にも　それは際限のない白　単純むき出しの黒なのだった

あらゆる線　あらゆる色面が

あたかも　その場の企みのなかで制御が失われてゆくかのように
――また無くなっている感じがした
あらゆる意識　あらゆる符号が
あたかも　まだ答案がないかのように　まだ案内人がいないかのように
――またそこに有る感じがした

色面ごとにどれも冷徹で　複雑で
線ごとにどれも強靭　私心なく真っ直ぐ
私は　その場で自分を詳しく観察し
阿弥陀仏のように　壁に向かって自省した

イチハツの花

おのれの生命の真ん中に泉が噴き出し
香り立つ濃い藍色が深い青・紺碧に投影されている

――ルイス・グルック（注）

夜空を飛ぶ天使　或いは
死骸の内に横たわる人がその花を目にすることができる
少年と娘が汚濁の「熱い」夢のなかで憧れる青い花を

青紫色の憂鬱と灰褐色の悲傷――
それは高く舞うこと　制御を失うこと
それは憧れ　夢

それはこの世の境界から立ち去る愛と恋人
それはトコトンおかしくなった後の渇望の静けさ

夜　風　女性と愛
月の光のもとに眠る子羊
「魂」に帰り道を見つけ出させる
「半分は遊び　半分は心にある神」
少年は祈り
藍色の一つ一つが炎を咲かせる

注　ルイス・グルック＝１９４３〜２０２３。米の現代女性詩人。２０２０年ノーベル文学賞。

諷喩

今夜私は劇場の椅子に腰掛け
舞台の琴の合奏が眠気を誘った
曲名は「平湖秋月」「白蛇伝」から「偃月青龍」へ　最後に「賽馬」だった
「四弦の一声、裂帛の如し」(注)が夜の引力を忘却させ
天地の接する所へ飛び立たせ　そこは昼もなく夜もなく
天の星宿は私の友情を受け取ったけれども
「詩情」に揺り動かされた全ては「世界」・「真理」とは関りがなかった
合奏が途切れている間
時空の深部が私の渇望を押し戻してきた
音楽の遊び　生命の自由は
フォルティッシモの発せられない時代から隠れて引退していた

注

白居易の「琵琶行」中の一句。「四つの弦を同時に払ったその一声は、帛(きぬ)を引き裂くかのようだ」の意。なお白居易には「諷喩詩」と言われる詩が多数ある。

私の意図は花のなかに

私は田野で　木霊が聞き取れるだけでなく
幻を見ることもできる
そして天地万物よりもっと古い神は
忘却の川の対岸に駆け寄って　私に呼びかけてはいけない
その全てが大変な骨折り損になってしまう
私の意図は全て植物のなかにあり　花のなかにあるのだから

満開は蜜蜂のためにだけあるのかも知れない
でも人類の信仰と共鳴するにはそれで充分だ

枯れ萎れた海棠

もう在りし日の美しい輝きはない
それはあなたを抱きしめたり　温めたりしたが
称賛はわずかに残るだけ
あなた　私の好きなあなたに名残を惜しむことはない

姿形はすっかり失われ　枯れ萎れて意気消沈
寂しそうにしょんぼり
寂しい枝先で固くなり
赤いのに苦しめられる心を風刺している

私はこういう事で泣いたことはない

芳しくない命　氷や霜の寒々とした光も
遠くへ消え去った純真な美しい姿
あらゆる愛の最後の帰結に過ぎない

スルメイカは琵琶には変われない

たとえ鳥が歩いていても
私たちには　それに翼があると分かる

――ヴィクトル・ユゴー

花は猫には変われない
石は虎には変われない
木は蛇には変われない
砂粒は星には変われない
髪は鴉には変われない
兎は物乞いには変われない
孔雀はオリーブには変われない

スルメイカは琵琶には変われない
無花果は娘さんには変われない

万物の属性　匂い　性質は　際限なく誇張されてはならない
それらは秩序のレールの上で　己のやり方を用いて神となる
ところが　見たところ思想を有している個体は
余りにも多くの毒入りのホコリを吸い込むので　怪物に変わってしまう

Nomadic

停泊する港のない魂には　心の拠り所がない
喧騒の都市で遊牧民の生活を送っている
不安な片隅からまた別の不安な片隅へ移り住み
通過する木の葉は皆それぞれに自由と孤独を探っている

両手は空っぽ　何も持たない
早朝から深夜まで仕事に励んで砂漠にオアシスを探す
夢のなかでは生命のカーニバル
遠方には果てしない奥深いモンゴル音楽の旋律が響いている
前方には依然として迷路　時間は夢のなかを流れ去る

流浪する者の肩は　ずっと道を背負い
サラサーテの『チゴイネルワイゼン』は休息の為の椅子に似ている
ジプシーの女よ　お願い　泣かないで！
風があなたの涙を拭いて乾かし　投げ捨てる前の憂いと悲しみが
私といっしょに愉快に踊り出すよ

私といっしょに歌いましょう　怖がらなくてもいいよ
真珠をつないで首飾りにして　前途の茨を踏み砕きに行きましょう
鮮血で土地を灌漑しましょう　足元にきらきら花が咲くまで
流浪を続ける者として……
この一切は一体何なのだろう？

山中に何がある

その山は三百年も前の山
その水は三百年も前の水
「四王」（注①）の心境が明るく照っている
三百年も前の荒野

川には小舟が一そう
山では春の便りが芳しい香りを寄せている
文章の外　山水の間
時間のなかの風景　みんな昔の夢のよう
人は時空万物に向き合い
胸元に古人の清々しい香りがほのかに触れる

山は幾重にも重なり　川はあちらへ曲がりこちらへ曲がる（注②）茫洋広漠の境地
時空の円満な
それは太古の静けさ　それは宇宙の高遠

歴史は無情だが　歳月には誠実さがある
「四王」は中国の芸術に長明灯を点し
私たちが今日の日々の新しさと穏やかさのなかで
幸運にも大昔が遺した音が聞けるようにしたのだった
今私はしきりに思う
古琴を携えて山林に入り　小さな橋や流れる水や人家の間を通り抜け
山中で『故人を追想する』を弾き
その飾り気のない琴を広々とした静けさのなかへ差し出そうと思う

注①　「四王」＝清初の王姓の山水画家四名。王時敏、王鑑、王原祁（き）、王翬（き）。
注②　南宋の陸游に「山西の村に遊ぶ」という七言律詩があり、そのなかに「山重水複疑無路（山は幾重にも重なり、川はあちらへ曲がりこちらへ曲がり、道も尽きてしまいそうな山奥」の一句がある。

万物は万物のなかに隠れる

無のなかから生まれることのできる物はなく　無へ帰ることのできる物もない。
——ルクレティウス

誰もがみんな生命リースの借り主
完全に生命を保有できる人はいない
恒星の死は　新星の誕生をもたらす
ひたすら孤独に悲痛に生命の樹を守るより他ない
その時を生き　平凡な逸話を良く過ごすことだと　何かの声が伝わってくる
それは何というきらきらの映像なのだろう

生きることは即ち死ぬこと　死ぬことは即ち生きること

死とは永遠を突き抜けるために新たに万物となること
世界の運命を畏敬し真理を畏敬し
生命の樹の乳液を飲んで
肉体という土壌に溢れんばかりの生命の花を咲かせ
光明と情熱が死の恐怖から抜け出せたら

愛は永遠　永遠は愛

この世の廃墟

地図上では北緯27度57分45・8秒　東経34度15分13・9秒
そこはエジプトのシナイ砂漠に位置している
そこには正真正銘の野外映画館があり
毎日異なる映画を上映している
例えば人民とか聖人とか　一切を記録しているけれども
同じでないのは――
監督は天地、編集は大自然
きらめく銀河や星あかりは舞台美術
砂漠の風と砂が唯一の観客
時間、空間、地域　文化を突き抜けて
謎々のような　神の足跡と同じような古代遺跡

私は思う――
この野外映画館を建てた人は
きっと砂漠の陽の光のように眩しい理想を抱いていたのだ
たとえそれが砂漠の装置に過ぎないのだとしても
また終には風に吹かれる砂に埋もれてしまうのだとしても

吐蕃文字の木簡に思う……

十数枚の　均一な厚さ　大小不揃いの長方形の木片に
それぞれ二、三行　まちまちの吐蕃文字が書かれている
あるものには法律　公文書　経文　社会関係の資料が記載されている
またあるものには日常生活の事物
あるものは恋文なのかも知れない……
片言隻句に過ぎないけれども　どれも拭い去りようのない時間の痕跡だ
かつての輝きは廃墟になってしまったけれども
痕跡　遺品は凝固した古代文明だ

甲骨　縑帛（けんぱく）　金属　石、玉……
それらもかつて歴史を記録したことがあり

私たちの為にもう一度無限の空間を設けてくれる
符号であり　もっと言えば灯台でもあるけれども
紙の身代わり過ぎないのかも知れない
但し歴史の長い川には　一生を使い果たして一文字も残さない者もいるのに
遥か昔の無名氏が何気なく木簡に
幾つか痕跡を残し　それが古今の橋渡しをする糸口となり
私たちの為に一つの時代の輪郭が描き出されたのだった

弦は風のなかで震え　光は自由に動いている
風と光はリズムを合わせ　私たちは歴史が鳴り響くのを聞くことができる
エジプト　ギリシャ　中国　この三つのそれぞれ異なる文化発祥の国は
どこも最も早い時期に　期せずして同じように文書を巻物にした
万物は全て空間という枠組みに存在する
境界を跨ぎ越えた影は東方から来るか　それとも西方からか？

唐蕃古道に思いを馳せる

小雪の日
私は唐の長安から吐蕃の邏娑（ラサ）に至った
途中山中の桃花の下　険しい峡谷を通り過ぎ　雪の積もった高原も通り抜け
三千キロメートルを　午後いっぱいかけて歩いた

文成公主とソンツェン・ガンポを見た
彼らはその道中に文明の貴重な宝物を撒いた

肖像入り煉瓦　墓誌銘　彩色陶器
金の盃　金の大皿　金の瓶　金で花の形状に飾られたトルコ石

兵馬俑　狩猟　交易
仏教の線香や灯明は焚かれ点され真っ盛り　ポタラ宮の妙なる音が聞こえてきそうだ

だが文政公主の溜息　そして異郷に一人
終わりのない長い夜の孤独な鳴き声も聞こえてくる

王昭君は辺境の地へ行き　文政公主は和平をもたらした
彼女たちはどちらも偉大な女性
一生の幸福と和平を取り換え
こちらの文明とあちらの文明を数珠のようにつないだ

昔の女性は牡丹　芍薬のように高貴に美しくなれた

さらに年中茂っている松柏のようでいられた
たとえ花はなく　実はなくても
善く始まり善く終わり　凛々しく抜きん出て　古今に堂々として

夜郎（注）を尋ねて

全身を図案で飾り立てた青銅器が
手引きするように合図するように
一つの遺跡を　三百年だけ存在した一つの古い国を
歴史の地表に浮き上がらせている

（一）

こちらには積み上げて豚小屋にし　トイレを建てた煉瓦　割れた甕ぼろぼろの器
あちらの女性の頭は髪を才槌髷に結い　金箔の造花を挿している
それから耳飾りや双玉を垂らし　銅のブレスレットで手首を飾った銅の人形
それからきらきらの器　引きも切らずに往来する牛車と馬車
そこがかつて西南夷最強の古国だったと　誰に想像できるだろう

（二）

御覧なさい――
器たちは厳かに静かに　想像を織り交ぜてくれ
暗闇から光のなかへ　生と死の輪廻を経験している
それらが仲介役を演じ
世人の眼差しを出迎えれば
未知の神秘に満ちた世界が
その歴史　王朝部族に関するプレゼンの機会を待っている

（三）

誰もが知っているように――
中国の版図にもう夜郎という国はない
けれども「夜郎」は一つの語句同様に私を魅惑する
拠りどころと目指すところ　すべてに神性が付随している
それは一つの可能性　消え失せた苦しみと荒唐無稽は符号に過ぎない
一つの煉瓦片一粒の砂から文明の輪郭を描き出す
一つの珠一つの玉から美の為の根源を探る
一本の竹一つのトーテムから民族文化のために充分に描く

存在したという意義は　一切の疑義を超越する
自然な感じや計り知れなさもまた　一切の証明を超越する

（四）

青山は相変わらず存在し　夕陽は幾度となく赤く
歴史は延々と二千年を越えて続き
乱世の統治者は山深い一地方に安居し
砦の町　小さな橋せせらぎ　家屋
鳥の言葉や花の香り　うららかな太陽と明るい月
壮柯江の湧き返る波音　トウチャ族の強烈な酒
ミャオ族集落の兄さん　トン族のメイメイは思い慕って心乱れて

（五）

その成語は數千年反響したが
疑問の声をあげる者はほんのわずか――
皆が夜郎自大だと言うけれども　思いやりが欠けているのではないだろうか？

注　夜郎＝中国の南西、今の貴州の西境にいた少数民族。漢代の西南夷の一つ。『史記』に西南夷伝があり、「夜郎自大」という故事成語が生まれた。

訳者後書き
もの思う者の詩

訳詩に取り組むうちに、懐かしい花や風景や人物と再会した。そうして、それらのなかに、私の見たことのない表情を発見したりもした。「クラインブルー」には目を見張り、「山田喜美子」は予想外だった。私も「もの思う者」になっていた。

許暁雯は前書きに、「万人の閲するは求めず、只一人の記するを求む」という考えを紹介し、日本での読者が、ただ「只一人の記するを求む」だけという状態になったとしても満足できる、ということを書いている。私は「記する」にこだわり、三つのことを思った。

一つ目は、「記する」とあり、これは古くからの言葉だろうから、古人が筆を執って書き写し、手元に置いて折にふれて味読したのだろうということ。或いは、繰り返し読んで記憶し、暗誦したのだろうということ。両方行われたのだと思う。

二つ目は、その詩集全部を「記する」のではなかったかも知れないが、一篇又は数篇を書き写し暗誦したからには、その作品が印象深く、気に入っていたに違いないということ。その一篇又は数篇はその人の心の拠り所となったし、内面を豊かにしたことだろう。一冊、一篇でなくてもよいのだ。極端なことを言えば、例えば「肉体はかなし……」だけでもよい。短歌なら例えば「白鳥は哀しからずや……」だけでもよい。一冊の詩集に、そういう部分が幾つもあれば、作者は大いに嬉しいだろう。読者はその詩集を手放さないだろう。

そして三つ目は、「記する」者が一人でもいるなら、必ずまたどこかに、たとえ後世のことであったとしても、「記する」人が現れるだろうということ。後世の人に記された古人の詩は数え切れない。勿論、文字として書き残されていなければならない。

許暁雯の詩は、花鳥風月を愛でることに自足していない。もの思う者の、もの思う詩だと言える。歴史を物語として楽しむというのではなく、また「ロマンを感じる」というのでもなく、遠く思いを馳せ、もの思う者として振り返り、それがもの思う詩になっている。読者はもの思う人になるかも知れない。すると書き写したい一篇が見つかるかも知れない。印象深い一行が心に残る。もう一度味わいながら読むことになり、すると、その詩はしばらく生きていられるのである。

2024.3.6

許暁雯

中国作家協会会員。中国詩歌学会会員。二級作家。詩人。作品は『人民文学』、『十月』、『詩刊』等、三十余りの刊行物に発表。国外においては、日本語版、アラビア語版のテーマ別詩選に入集。詩集に『香語』、『孤独は沈黙の黄金』『花は答えを知っている』(「南方週末」のフィクション年間〈我が一推しの書〉として推薦)等。東莞文学芸術院契約作家。

竹内　新

1947年愛知県蒲郡市生まれ。名古屋大学文学部中国文学科卒業。愛知県立高校国語教員定年退職。1979年～1981年、吉林大学外文系で日本語講師。詩集『歳月』、『樹木接近』、『果実集』、『二人の合言葉』。訳詩集『第九夜』(駱英)、『文革記憶』(駱英)、『田禾詩選』、『楊克詩選』、『西川詩選』、『梅爾詩選』など多数。

共に春風を

二〇二四年四月三〇日発行

著　者　許暁雯
訳　者　竹内　新
発行者　松村信人
発行所　澪　標　みおつくし
大阪市中央区内平野町二-三-十一-二〇二
TEL　〇六-六九四四-〇八六九
FAX　〇六-六九四四-〇六〇〇
振替　〇〇九七〇-三-七二五〇六
印刷製本　モリモト印刷株式会社
DTP　山響堂 pro.